花筏《はないかだ》

長内繁光　句集

はるかぜ書房

凡例

本書の構成はページ見開き右側に季節ごとに詠まれた川柳、左側に当時の世相を簡単に抜き出したものとなっている。一年を四等分し、十二、一、二月を冬として、春、夏、秋と続く。

編集部附記

本文中、今日の社会情勢にそぐわない、あるいは差別的と受け取られかねない表現がある場合もありますが、著者にその意図がないこと、および川柳という文学の性質上、読者の皆様におかれましては何卒ご理解いただきますよう、お願いいたします。（はるかぜ書房編集部）

Tomoko

目次

平成十六（二〇〇四）年
〜平成十七（二〇〇五）年　冬

冬晴れの空を曇らすスギ花粉

家事苦手エプロンだけは掛けてみる

北限の猿に厳しい酉の年

気が付けば向う三軒老夫婦

引き取り屋並び待ってる社保庁

親を看る妻に介護の手当てやる

二〇〇四年の猛暑のため例年の三〇倍以上ものスギ花粉が舞う地域も。

気候変動に関する国際連合枠組条約の京都議定書が発効。

青森県下北半島に生息する「北限のニホンザル」を脇野沢村が駆除に乗り出した。農業被害が相次ぎ、住民が危害を受けたため。

日本の高齢化率（国民に占める六五歳以上の割合）が二〇パーセントを突破し、また障害者自立支援法が小泉内閣にて閣議決定。なお、こちらは後に根拠データの虚偽が発覚した。

寝台特急「あさかぜ」、「いそかぜ」などが廃止された。飛行機や新幹線などの存在と通勤ラッシュに影響を与えることが理由となった。

平成十七（二〇〇五）年　春

日中の跨る棚に火種ある
韓流に冷水浴びせる大統領
子に見せる親の背中は見当たらず
愛博の後押しなるか手弁当
安全を過密ダイヤが振り落とし
何時までも当てに出来ない妻と飯

北京にて大規模な反日デモ、日本側も反中感情が高まる。島根県議会で「竹島の日」条例成立。日韓の関係が険悪に。北朝鮮が日本に地対艦ミサイルを発射し日本海に墜落するなど東アジアがきな臭い時期であった。

愛・地球博（愛知万博）が開催。来場者は半年間で延べ二二〇〇万人余。計画段階では批判も大きかったが、環境への配慮や期間中の無事故などで評価を高め、成功裏に終了した。

ＪＲ福知山線脱線事故により多くの犠牲者が出た。無理な労務管理をはじめ、様々な人的要因が祟った結果とされる。

平成十七（二〇〇五）年　夏

梅雨時に傘の咲かない日も欲しい
山菜の旬を探して熊に遇う
口ほどに体動かぬご老体
混迷の続く議事堂湯気が立つ
カネボウの素顔気になる古い傷
票田に刺客が降りて大騒ぎ

太平洋戦争終結六十周年。

粉飾決算を繰り返していたカネボウの旧経営陣らが証券取引法違反で逮捕される。

郵政民営化法案が参院で否決され、第二次小泉改造内閣は衆議院を解散（世に言う郵政解散）、反対派議員の選挙区に刺客と呼ばれる小泉支持派候補者が大量に出馬。

知床半島が世界自然遺産に選定される。

日本人宇宙飛行士・野口聡一の乗るスペースシャトル「ディスカバリー」が打上成功。

平成十七（二〇〇五）年　秋

一議席届き潤う社民党
吉本の十倍楽しい小泉座
テーブルの皿に残った軽水炉
チルドレンブローチ代わりの金バッジ
お世辞でも若いと言われ照れる顔
マンションが抜かれた骨で揺れている

第四十四回衆議院議員総選挙で自民党が地滑り的大勝利。この余波で当選すべき候補者がいなくなった自民党にかわり、社民党の保坂展人が当選した。

大量に生まれた新人議員「小泉チルドレン」の振る舞いに注目が集まる。中でも杉村太蔵議員の言動が笑いや動揺をもたらした。

日本道路公団など道路関係四公団が民営化。

耐震強度偽装事件が発覚し、関係者の参考人招致や証人喚問が行われ、建築士の姉歯氏など逮捕者が多数となった。

平成十七（二〇〇五）
〜平成十八（二〇〇六）年　冬

年の瀬を飾る羽子板多国籍
宴会に今年は何処も黒田節
暖房費早寝朝寝で節約す
老夫婦今は会話も途切れがち
米牛の骨付き食べて肝試し
まだ残る義理人情は時代劇

紀宮清子内親王と黒田慶樹氏が挙式。内親王は皇籍を離脱し民間人に。

明治三十二(一八八九)年の人口動態統計開始以降、日本人口は初の自然減。人口減少の危機が叫ばれる。

BSE関連の牛肉偽装事件で相次いだ企業犯罪により、食の安全に対する国民の信頼が大きく揺らぎ、BSEそのもの以上に深刻な打撃を社会に与えた。

平成十八年豪雪。死者は通算で一五二名。各地で公共交通機関が麻痺するなどの騒ぎとなった。

ホリエモンことライブドアの堀江貴文社長逮捕。

トリノオリンピック 女子フィギュアスケートで荒川静香が金メダル獲得。

平成十八（二〇〇六）年　春

突風に桜吹雪に早変わり

気が付けば今は家庭で妻の部下

偽メール席替えだけは軽すぎる

花冷えについ熱燗を欲しくなる

鯉のぼり出番済んだと空覗く

話し合いなのにミサイル見せる国

民主党の永田寿康衆議院議員によるライブドア事件および堀江貴文にまつわる質問から端を発した政治騒動発生。非難の根拠メールが捏造であることがわかり、民主党執行部の入れ替えが行われた。

北朝鮮がテポドン二号など七発の弾道ミサイル発射実験。この後、十月には核実験強行。

西岸良平の漫画「ＡＬＷＡＹＳ 三丁目の夕日」が映画としてヒット。

海外在住の日本人が戦後初めて一〇〇万人を突破。

平成十八（二〇〇六）年　夏

親を看る妻との会話メールのみ

遺産には富士は成れないゴミの山

同盟の弱みに肉を押し付ける

やた烏オシムジャパンで飛び上がる

風鈴をさげて涼しさ音できく

脱ダムの流れた水は止められず

日本の六五歳以上の人口率が世界最高、一五歳以下の人口率が世界最低となる。

富士山を世界遺産へと文化庁動く。ゴミ問題もあり登録は二〇一三年。

二〇〇三年より禁止されていた米国産牛肉の輸入が再開。牛丼屋でメニュー復活がニュースとなる。

W杯ドイツ大会で期待と予想に反して惨敗したサッカー日本代表のジーコ監督にかわりオシム監督が就任。

長野県知事選、脱ダム宣言の現職・田中康夫が対立候補の村井仁に敗れる。

平成十八（二〇〇六）年　秋

惑星もリストラされる多数決

引き際を手本にしたい永田町

高利貸しやっぱり命形にとる

字余りの一句に焦げる焼き魚

陸奥の寒さ熱めの燗にする

減反が突然油田と騒ぎ出す

国際天文学連合により冥王星が太陽系の惑星から除外され「水・金・地・火・木・土・天・海」となった。

この年の自殺者三万名余のうち、多重債務を原因とするのが約八千名とされる。

原油価格高止まりを受け、減反により余った水田を活用し米からエタノールを作る技術に注目が集まる。

オウム真理教元代表・松本智津夫の死刑確定（二〇一八年執行）。

第一次安倍内閣発足。

携帯電話の番号ポータビリティ制度開始。

平成十八（二〇〇六）
〜平成十九（二〇〇七）年　冬

年末に億の夢追う人の列

イザナギを超えても越せぬ人も居る

美の国を汚す大臣後たたず

上野駅昭和の灯り遠くなる

ペコちゃんは心労が祟り舌も出ず

生む機械本音は欲しい深刻さ

十一月にいざなぎ景気の景気拡張期間の五十七ヶ月を超える。長期にわたる景気拡大もかつてのような消費や投資の盛り上がりが実感できないと指摘されていた。

歌手・井沢八郎が死去。東北から集団就職で上京した人々の心の灯、「あゝ上野駅」の歌い手であった。

ペコちゃんで親しまれていた不二家が消費期限切れの食材を使用したとして洋菓子製品の製造販売を休止。

柳澤伯夫厚生労働相・女性を「産む機械」と発言し各方面より反発を受ける。

防衛庁が省に昇格。初代防衛大臣は久間章生。

平成十九（二〇〇七）年　春

美しい国のモラルはどこにある

菜の花の旬を食して母想う

逝く時に夫婦が乗れる千の風

持ち去れば古紙でもただで済まされず

団塊を優しく癒す郷の山

載せる人探せど居ない紳士録

農水相が「政治と金」の問題で相次いで辞任。安倍内閣は二〇〇六年九月の発足から閣僚の辞任が相次ぐ。

秋川雅史の歌う「千の風になって」が社会現象となり、ヒットチャートのトップに。

資源高騰を背景に自治会やＰＴＡの資金源であった古紙や空き缶の持ち去りが社会問題となり自治体が対応に追われる。

改憲のための具体的な方法を定める国民投票法が可決・成立され、改憲の準備が進展。

平成十九（二〇〇七）年　夏

新弟子の検査見送る大相撲

回収日個性が束ねる古新聞

社保庁よボーナス返納して欲しい

脱北舟夜霧の歌が洩れて来る

猛暑避け犬との散歩日の出前

年金の隙間に顔出す消費税

史上初めて、大相撲新弟子検査の応募がゼロに。相次ぐ不正や死亡事故が国技の体面を大きく傷つけた。

年金記録で問題が続出。朝鮮総連本部売却問題関係では元・公安調査庁長官が逮捕されるなど、官公庁の信用は失墜。

北海道苫小牧市の食品加工卸売会社「ミートホープ」の品質表示偽装事件で、食品の安全性についても社会に不安が漂った。

日経平均株価が二〇〇〇年代最大の下げ幅を記録。

平成十九（二〇〇七）年　秋

朝青龍協会相手に綱渡り
また一人昭和の謎を持って逝く
脇役が主役に成れる酒の席
北極の熊が京都に嘆願書
廃鶏を地鶏に仕立て荒稼ぎ
我が家でも妻と俺とは捩れてる

怪我を理由に休場していた横綱・朝青龍がモンゴルでサッカーをする写真が報道され、仮病疑惑（のちに否定）となった。

「昭和の参謀」瀬島龍三氏が九五歳で死去。戦前は大本営作戦参謀、戦後は伊藤忠商事会長、中曽根首相の顧問などを歴任。政財界に大きな影響力を持っていた。

米の地質調査所、ホッキョクグマの生息数が地球温暖化で三分の一になると予測。京都議定書の遵守が求められている。

鶏肉加工販売会社「比内鶏」が卵を産まなくなった雌鶏「廃鶏」を比内地鶏と称して販売。

七月の選挙で参議院第一党が民主党に。ねじれ国会となる。

気象庁が緊急地震速報を開始。

平成一九（二〇〇七）
〜平成二十（二〇〇八）年　冬

年寄りに届く乳歯の贈り物
改ざんを常識なのと言う社長
湯たんぽの残り湯エコに使い分け
美しい国を探せど見つからず
多国籍強さを競う大相撲
冷凍の餃子またいで通る猫

モンゴル出身の白鵬、安馬だけでなく、ブルガリアの琴欧洲など、各場所で外国人力士の活躍が目立った。

中国から輸入していた餃子を食べた十人が食中毒を起こし、うち子供一名が意識不明となった。餃子からは農薬のメタミドホスが検出され、日本政府は緊急閣僚会議を開催。

三十年ぶりに授業時間が一割増加し、ゆとり教育からの脱却を図る学習指導要領が発表された。同要領では小学五年生からの英語必修化などが盛り込まれ、また伝統や文化に関する内容が充実した。

平成二十（二〇〇八）年　春

四千年餃子で見せる裏の技
改革に待ったは効かぬ大相撲
長旅の疲れを癒す寝台車
長生きも後期と言われ差別され
夜桜に妻が持たせるマフラー巻く
薫風に揺れて夏よぶ藤の花

先年六月に起きた力士暴行死事件で、時津風部屋の元親方と兄弟子三人とが逮捕された。

寝台特急の廃止、減便が続く。この年、あかつき（京都―長崎間）、なは（京都―熊本間）、銀河（東京―大阪間）が廃止。北斗星（上野―札幌間）、日本海（大阪―青森間）が減便となった。

後期高齢者医療制度にかかる保険料の年金からの天引きが始まる。福田総理が国民に理解を求め陳謝した。

日本音楽著作権協会（ＪＡＳＲＡＣ）が独占禁止法違反の疑いで公正取引委員会の立ち入り調査を受ける。

平成二十（二〇〇八）年　夏

限界の地区に寂しい鯉のぼり

機長席埋まらず飛べぬ格安機

茄子の花咲けば実になる無駄のなさ

ホコ天が地獄に変わる恐ろしさ

蟹工船共産党は大漁旗

電子化を寝すぎて逃すタンス株

成長著しい格安航空会社、機長不足による欠航が相次ぎ、問題に。

秋葉原無差別殺傷事件により一七名が被害に遭う。うち七名が死亡。未曾有の無差別殺傷事件となった。これを受けて翌年には銃刀法が改正された。犯人の加藤智大が派遣労働者であったことから、若者の労働環境について厳しい目が注がれた。

戦前のプロレタリア文学である小林多喜二の『蟹工船』が八〇万部ものベストセラーとなり、これにともない労働環境の厳しさや共産党の支持者増などが注目された。

北京オリンピックが開幕。全世界で四十七億人が視聴する、文字通り史上最も注目された大会となった。日本勢は男子十三、女子十二の合計二十五のメダルを獲得。

平成二十（二〇〇八）年　秋

道端のホーズキ色で秋知らせ
列島をゲリラが狙う夏の空
物忘れ夫婦仲良く競い合う
太棹のバチで津軽の秋を聞く
薬害のもち米ばら撒き知らん顔
宰相の呆れるほどの国語力

この年の七月から九月まで日本各地で突発的な集中豪雨が相次いだ。予測が困難な豪雨からゲリラ豪雨の名称が使用され、同年の新語・流行語大賞トップ10入りを果たした。

農水省が三笠フーズに売却した非食用米が食用として転売された。カビ毒や残留農薬のために工業用として販売されたものだった。農林水産相と同省事務次官が辞職を表明。

麻生総理が国会答弁で踏襲を「ふしゅう」と読み間違えるなど、総理の国語力をマスコミ各社が鋭く追求。支持率低迷の一因とされた。

リーマン・ブラザーズ経営破綻。世界的な金融危機となり、日本もそのあおりを受け不景気に。倒産が相次いだ。

平成二十（二〇〇八）年

〜平成二十一（二〇〇九）年　冬

木枯らしを嫌い小春日逃げていく
温かな囲炉裏の思い雪便り
炊き出しの湯気が漂う江戸の街
ウクライナ寒さを堪えてガスを待つ
巷には元中流が溢れてる
町工場宇宙に飛んで高笑い

リーマンショックの余波による派遣切りなどを背景として、年越し派遣村が複数の市民団体や労働組合によって日比谷公園に開設。炊き出しや各種相談などを行なった。元中流も数多くなだれ込んできたと報道された。

ウクライナではガス料金滞納によりロシアからのガス供給が一月一日からストップした。欧州各国も同様に影響があった。

大阪の中小企業を中心とした東大阪宇宙開発協同組合による小型衛星まいど1号がH－IIAロケット一五号機により種子島宇宙センターから打上げに成功。

平成二十年の漢字は「変」となった。

平成二十一（二〇〇九）年　春

我が家では補正組むにも財はなし
放浪の旅を楽しむ朱鷺一羽
火の車揃える企業のモーターショー
満開の桜の下にトラが出る
列島に千円渋滞切れ目なし
金バッジ懲りずに続く女癖

総額二兆円の定額給付金の財源を裏付ける平成二十年度第二次補正予算執行関連法案が参院本会議にて否決の後、衆議院本会議において自・公にて再議決され成立。

環境省が昨年、佐渡市で放鳥したトキ一〇羽のうちの一羽が本州に渡り南下を続けて話題になった。福島県境に近い魚沼市入広瀬で発見され佐渡市からの移動距離は約二百三十キロ。

前年のリーマンショックにより、第四十一回東京モーターショーの客入りは思わしくなかった。

ＥＴＣ搭載車の土日祝高速料金を上限千円としたところ、利用台数増加により大渋滞が続く。

裁判員制度が施行。

平成二十一（二〇〇九）年　夏

聞いてない水着で記録取り消されれ
メタボでも長寿と聞けば努力やめ
シュレッダー昼夜も動く農水省
展覧会友の絵だけは良く判る
厨房にたって気がつく妻の労
選挙カー蝉が割り込む騒がしさ

国際水泳大会連盟の水着許認可制度により、新型水着着用で大会に臨んだ選手の記録が無効になる事態が複数あり、選手は涙をのんだ。

郵便不正事件の容疑者として大阪地検特捜部が厚生労働省の局長を逮捕。後にこれが大阪地方検察庁主任検事証拠改竄事件へと繋がり、局長は無罪、検事総長が引責辞任する事態に発展した。

戦後初の八月の衆議院選挙開始。民主党が三百議席以上を獲得した。

平成二十一（二〇〇九）年　秋

総裁選野党になって騒ぎなし
天下り無策がJALを食い潰す
火縄銃今ロケットに光る島
いつ見ても将軍様は拍手だけ
消費者に油搾られ泣くエコナ
妻の留守気を抜き過ぎて変になる

衆議院議員選挙にて民主党が記録的な圧勝。自民党は惨敗を喫し、麻生内閣は総辞職となった。自民党総裁には谷垣禎一・元財務相が就任。

日本航空の経営破綻。天下り官僚の数億円単位にのぼる退職金などに非難が寄せられた。

宇宙ステーション補給機「こうのとり」（ＨＴＶ）が種子島より打ち上げ成功。

花王の「身体に脂肪がつきにくい」とされる食用油「エコナ」を自主回収。グリシドール脂肪酸エステルなどの発がん可能性を考慮した。

平成二十一（二〇〇九）年
～平成二十二（二〇一〇）年　冬

論戦は与野党替わり中身なし
霜月の寒さに耐えて咲く水仙
職探し少しは欲しい温暖化
スルメ焼くストーブ列車おらが郷
相撲より総理気になる五月場所
一族は宇宙の人か鳩山家

リーマンショックの影響により雇用情勢悪化。新卒が再び氷河期世代と呼ばれる。

津軽の冬の風物詩として定着した津軽鉄道のストーブ列車。この年も懐かしのだるまストーブを乗せ津軽五所川原駅から津軽中里駅まで、地吹雪の厳しい津軽平野を疾走する。

鳩山総理の奇矯な言動が注目を浴びる。自称「宇宙人」の面目躍如。

二〇一〇ＦＩＦＡワールドカップ本大会抽選会が南アフリカのケープタウンで開催。

奈良県で平城遷都一三〇〇年祭が開幕。キャラクター「せんとくん」の特異な外見が話題を呼んだ。

平成二十二（二〇一〇）年　春

金二つあればあげたい麻央とヨナ

牛食べて鮪は駄目だと言う勝手

菜の花の通り過ぎて仲直り

退いて険しさ消える友の顔

年寄りを官製用語差別する

検札に起こされ気づく汽車の旅

バンクーバー冬季五輪女子フィギュアシングルにて韓国のキム・ヨナが金メダル。日本の浅田真央は銀メダルとなった。

ワシントン条約の俎上にクロマグロの禁輸措置が提案され、日本の漁業従事者の間に緊張が走った。

後期高齢者医療制度が二〇〇八年より開始され、認知度が向上するにつれ、その名称への反発や困惑が増加。

宮崎県の家畜伝染病の口蹄疫問題で東国原英夫知事が非常事態を宣言。

建設中の東京スカイツリーが東京タワーを抜いて建設物としては日本一高いものとなった。

平成二十二（二〇一〇）年　夏

清め塩撒くだけ無駄な大相撲
バラ屋敷匂いが誘う散歩道
クラス会顔と名前がミスマッチ
実選（みすぐ）りの鋏急がし林檎園
稽古より賭場が賑わう相撲部屋
蜂の巣を突いて刺される庭仕事

日本放送協会がテレビ放送開始以来初となる本場所中継取り止めを決定。現役力士、年寄など多数が野球賭博を含む違法賭博に関与し、暴力団の関与も報道され、角界が揺れた。琴光喜啓司（大関）と大嶽（年寄）の除名勧告以下、謹慎休場の力士や処分を受けた年寄が多数。

小惑星探査機「はやぶさ」が地球に帰還。

高速道路無料化社会実験の開始。

京成成田空港線開業。

平成二十二（二〇一〇）年　秋

幻の長寿を増やす核家族
役所には江戸期生まれが今もいる
安ければ窮屈耐える空の旅
古机思い出詰まり捨てられず
国民の苛立ちビデオ政府つく
お下がりの湯たんぽ抱いて孫思う

七月、戸籍上は百十一歳の男性の家から遺体が発見され、娘と孫とが詐欺容疑で逮捕された。同様に年金を目的に死亡を隠匿するケースが考えられるため「非実在老人」「名ばかり高齢者」なる新語が生まれた。

尖閣諸島中国漁船衝突映像流出事件。現役の海上保安官が政府の情報開示に反旗を翻し、ビデオをＹｏｕＴｕｂｅに無断で公開。内外に大きな影響を与え、失職する。

名古屋国際会議場で生物の多様性に関する条約第十回締約国会議開催。最終日の十月三十日、生物遺伝資源の利益配分を定めた「名古屋議定書」を採択。

平成二十二（二〇一〇）年
～平成二十三（二〇一一）年　冬

孔子呼び俄か作りの平和賞

滞在を延ばしてキノコ日本籍

島取られ場所代払って漁する

ハヤブサに二番は駄目と叱られる

子や孫に残せる美学身に付ける

チュニジアの火の粉ムバラク炙り出す

中国政府がノーベル平和賞に対抗して「孔子平和賞」を設立。各国の要人に贈るも受賞拒否や辞退を招いている。

日ロ合同漁業委員会によりサケ・マスの漁獲割り当てが決定。日本側は、四億円前後の漁業協力費を支払う。

エジプトで大規模な反政府デモ。ムバラク大統領は退陣へ。日本人約五百人が空港で足止めされることも。

平成二十三（二〇一一）年　春

マニフェスト選挙までの方便集

パンダなら中国産でも目を瞑る

フクシマ又福島に戻したい

柳句詠む心も揺れる大地震

レアメタル鉱脈都市で掘り当てる

自粛して温もり戻らぬ観光地

二月に中国から借り受けた上野動物園のオス一頭・メス一頭のジャイアントの名前が「リーリー（力力）」と「シンシン（真真）」と公表。

三月十一日、東北地方太平洋沖地震（東日本大震災）が発生。最大震度七を宮城県栗原市で観測した。また福島第一原子力発電所において、強い揺れや津波により原子炉の冷却機能が失われ、炉心溶融を伴う深刻な原子力事故に発展した。放射性物質が拡散し周辺住民が長期にわたり避難する事態となる。

自粛ムードが関東を中心に社会を覆い、節電のため繁華街からネオンが消えコンサート中止されることも多かった。

資源高騰により「都市鉱山」が見直される。

平成二十三（二〇一一）年　夏

水掛け論続け原子炉落ち着かず

紫陽花が入梅知ってか色を増す

大相撲総理手本に粘り腰

法王の布教活動ツイッター

三陸の秋刀魚食べたし待つ目黒

事故車両埋めて掘り出す忙しさ

原子炉冷却のための放水と原発への議論が続く。

菅直人総理が震災対応に一定の目処がついたら退陣すると表明するも、当面は現職のままとする。

ローマ法王ベネディクト十六世が「iPad」を使ってTwitterで「つぶやき」を投稿する動画が公開され、大きな反響があった。

中国で温州鉄道衝突脱線事故が発生。事故現場を埋め立てて隠蔽しようとするような政府当局の行動に、中国国外のみならず国内からも非難が殺到した。

平成二十三（二〇一一）年　秋

川下り生死を分ける竿捌き

ドジョウ屋の十日持たない鍋の味

古希近しやっと年金見えてくる

キノコ好き迷う今年の鍋料理

ギリシャからローマに続く緊縮路

オリンパス患部を覗く内視鏡

野田佳彦が第九五代内閣総理大臣に就任。自らを「どじょう」と評す。

キノコ培養の原木も放射線による汚染がみつかるなど、キノコ好きには悪い記事が多数。

EUの南欧諸国の財政状態悪化。世界経済の不安定要因に。

オリンパスによる粉飾決算が発覚。突き止めた英国人社長が同社より解任され、それを訴えたことで明るみに出た。株価は急落。上場廃止もささやかれた。

「ドラえもん」の藤子・F・不二雄ミュージアムが神奈川県川崎市にオープン。

平成二十三（二〇一一）年
〜平成二十四（二〇一二）年　冬

歩道だめ車道危ない悩むチャリ
ギリシャからローマに走る火の車
会場は特に要らないパーティー券
永田町こんな大人を見ませんか
母を看る妻の仕草にやる気湧く
政治主導議事録だって残さない

「自転車は車道」徹底へ　警察庁、歩道の通行許可見直し。

欧州債務問題は悪化の一途。ギリシャからローマへと負の連鎖が続く。

金正日北朝鮮総書記が死去。

東日本大震災被災三県で、避難所の閉鎖が完了する。

政府が設置した東日本大震災に関係する一五会議のうち、一会議で議事録を作成しておらず、三会議で議事録も議事概要も作っていなかったことが発表される。

東京スカイツリーが竣工。

平成二十四（二〇一二）年　春

『すぐやる課』今こそ欲しい警察庁

社保庁の残党騙すＡＩＪ

生ゴミで景気短観するカラス

廃屋を無縁社会がつくり出す

菜の花は夏日に疲れ散り急ぐ

携帯を鵜呑みにすれば誤字が出る

警視庁、首都直下型地震のような大規模災害が発生した場合の交通規制を改正することを発表。

証券取引等監視委員会、ＡＩＪ投資顧問による企業年金資産消失問題について、金融商品取引法違反を理由とし強制捜査に着手。

日本のアナログ放送が完全に終了。

渋谷駅東口に駅直結の複合商業施設「渋谷ヒカリエ」開業。

電力不足が予想されるため、全国の官公庁などで例年より一ヶ月早めにクールビズ開始。

東京スカイツリーおよび、東京ソラマチなど周辺の商業・観光・業務施設を含む東京スカイツリータウン開業。

平成二十四（二〇一二）年　夏

義理人情今はTVに残るだけ

誰でもいいその誰でもになる怖さ

蒲焼を秋刀魚に替えて乗せる重

訳ありでオバマも乗らぬオスプレイ

ギネスでは世界記録の法華津さん

電子化が進んでリフォームする書斎

野田第二次改造内閣発足。

大阪市中央区東心斎橋で男女二人が刺されて死亡する通り魔事件発生、犯人をその場で現行犯逮捕。

鰻価格高騰のため鰯や秋刀魚の蒲焼で代用されるケースも。

オスプレイが岩国基地に到着。

ロンドンオリンピック馬術競技で、日本代表の法華津寛が、初出場の東京オリンピック以来四十四年という長い出場期間ゆえにギネスブックに記載された。

平成二十四（二〇一二）年　秋

同性婚理解に疎いこの頭

デモをする顔にシールのお墨付き

ストレッチ齢に合わせて長続き

狼藉は愛国心で頬かむり

素人に謎解き無理な尼崎

枯れる花それなら干して長く観る

日本の六五歳以上の人口が三〇七四万人と過去最多となる。

自民党総裁選挙で安倍晋三が当選、二〇〇七年以来五年ぶり二度目の返り咲きとなる第二十五代総裁に選出される。

京都大学の山中伸弥教授がノーベル生理学・医学賞を受賞。

女子レスリングの吉田沙保里が世界選手権で優勝、史上最多記録となる世界大会一三連覇を達成。

兵庫県尼崎市を中心に複数の家族が監禁・虐待され、死へ追いやられた連続殺人事件発覚。

平成二十四（二〇一二）年
～平成二十五（二〇一三）年　冬

戻れない人も万歳する不思議

托鉢の坊主メタボにさせる国

新成人荒れる天気に先越され

新年の誓い三日で早頓挫

みんなだと一人が騒ぐ党もある

政策に「ク」抜けが出ればアベノミス

自民党が衆院選で絶対安定多数を獲得し大勝。政権を奪い返した。托鉢で捧げられた食べ物はすべて食さねばならないタイの僧侶の四五パーセントが肥満であると問題となる。

第二次安倍内閣において、一連の経済政策「アベノミクス」が盛んに提唱された。一部の識者からは「株価や不動産の価値は上がるが庶民への恩恵は疑問視される」として批判を浴びた。

平成二十五（二〇一三）年　春

シーシェパード海賊船と認められ
春よ春酸ヶ湯の春は雪の中
新幹線インドを向いて走り出す
知りながら知らぬ振りする聞き上手
鯉のぼり喜ぶ子等が見当たらず
沖縄の帰属で騒ぐ怖い国

青森県酸ケ湯温泉で積雪量五六六センチメートルを記録。

インド西部の高速鉄道計画に向けて新幹線を売り込み。

こどもの日に合わせて、一五歳以下の人口が三二年連続で減少していることが明らかとなる。

人民日報が「独立国家だった琉球を日本が武力で併合した」と社説。

NHK連続テレビ小説『あまちゃん』放送開始（～九月二八日）。

キャリーオーバーがある場合一等当せん金が日本国内史上最高の八億円となる宝くじ『ロト7』発売開始。

東京銀座にて歌舞伎座新開場／柿葺落《こけらおとし》。

平成二十五（二〇一三）年　夏

ユネスコの富士見る目には曇りなし

歩き読みスマホを叱る金次郎

列島の富士と名の付く山数え

小使いが遊び心を戒める

火の点いた車が走るデトロイト

四万十の川は炎暑で湯気が立つ

富士山が世界文化遺産に登録される。

厚生労働省が二〇一二年十月から二〇一三年三月にかけて全国の中学生約三万九〇〇〇人、高校生約六万二〇〇〇人から回答を得た調査の結果、インターネット依存症で「病的使用」とされた中高生が八・一パーセント、約五一万八〇〇〇人に上ったことが判明。

アメリカ・デトロイト市が財政破綻。

日本国内で二〇〇七年八月十六日以来約六年ぶりに四〇度を越える気温を観測する猛暑、山梨県甲府市、高知県四万十市で日本国内史上四位となる四〇・七度を記録、観測九二七地点中二九〇地点で猛暑日となる。

平成二十五（二〇一三）年　秋

増やせどもタンク足りない汚染水
国益を煮詰める前にＴＰＰ
横綱はこれでは無理な自給率
鉄道員（ぽっぽや）の誇り錆びつく北海道
延命はしないと川柳に残し置く
物造り得意な国の加工肉

原子力規制委員会、東京電力福島第一原子力発電所のタンクから放射性物質を含む汚染水が漏れた問題で、トラブルの深刻さを示す国際原子力事象評価尺度（ＩＮＥＳ）を「レベル３」（重大な異常事象）に引き上げると発表。

日本では食料自給率の低下が年々深刻化しており、特にこの年は主食の米・大豆・小麦の豊作に恵まれたが、日本人のコメ離れの影響もあり、三年連続で食料自給率は四十パーセントを下回った。

ＪＲ北海道函館本線、貨物列車が脱線する事故。これを機に行われた調査により、レール幅が脱線を防ぐ「整備許容値」を超過しながら放置されていたことが判明、同月二五日までに同社管内で約二七〇箇所の異常地点が発見される。

平成二十五（二〇一三）年
〜平成二十六（二〇一四）年　冬

大卒のマグロ銀座で泳いでる
みんなの党皆が抜けてただの党
ベイブリッジ豪華客船とおせんぼ
アラブには春は不向きと通り過ぎ
大寒の寒さに耐える今朝の富士
クリニック怖い病に睨まれる

近畿大学が開発した完全養殖のマグロの専門店が銀座にオープン。

みんなの党、江田憲司前幹事長ら、同党所属の国会議員の四割に当たる、衆議院議員八名、参議院議員四名計一四名が離党届を提出し、新党結成の意思を表明。

豪華客船ボイジャー・オブ・ザ・シーズが横浜に寄港したが、横浜ベイブリッジの下を通過することができなかったため、大黒ふ頭に停泊した。

平成二十六年豪雪。関東・甲信地方を中心とした各地で観測史上最大の積雪を記録。東京電力管内で数十万世帯が停電したほか、多くの公共交通機関が麻痺した。

平成二十六（二〇一四）年　春

割烹着出しては戻す忙しさ
スポーツ庁失言処理課つけて置く
嫌な国告げ口広め触れ歩く
争わず領土広げる西之島
沈没船不祥事先に浮いてくる
滝桜杖に守られ咲き誇る

理研の小保方研究員がＳＴＡＰ細胞を発表。白衣ではなく割烹着を着ての研究姿が話題となる。

朴槿恵・韓国大統領は歴訪先で日本を責め立てる告げ口外交で世界に知れ渡っていた。

韓国全羅南道珍島沖で、仁川港から済州島へ向け航行していたクルーズ旅客船「セウォル号」が沈没、死者二九四人を出す海難事故が発生。対応の不備が取り沙汰され、朴大統領が二〇一七年に弾劾される遠因となる。

宇宙飛行士の若田光一が日本人初の国際宇宙ステーションの船長に就任。

近鉄・阿部野橋ターミナルビル（あべのハルカス）が大阪市阿倍野区に完成。地上六〇階、高さ三〇〇メートルの日本一高いビルとなる。

平成二十六（二〇一四）年　夏

ゴミ集め勝ち点かせぐサポーター
駅前でこぼれた票をかき集め
政務より趣味が優先泣き県議
いい話乗ったが出来ぬ凍土壁
廃鶏がファストフード飛び回る
モドキでも資源思えば我慢する

サッカーワールドカップがブラジルで開催。日本代表はグループリーグ敗退になるも、試合後にサポーターが会場のゴミ拾いをしていたことが世界中から称賛された。

兵庫県議会議員（当時）の野々村竜太郎氏が前年度の政務活動費の不正使用疑惑について記者会見、当人が大声で泣き叫びながら質問に答えるという極めて異様な会見が「号泣会見」として国内外で大きな話題となる。

日本マクドナルドとファミリーマートは、中国・上海の食品加工会社「上海福喜食品」が保存期限を過ぎた鶏肉を使用した可能性があるとして、この食品加工会社が製造したチキンナゲットの販売を中止。同日までの過去一年間に、同社から日本に向け約六〇〇〇トンの鶏肉製品が日本に輸入されていたことが判明。

平成二十六（二〇一四）年　秋

少子化に地方ゼミは鳴き納め

蔓草が空き家の門扉閉鎖する

彼岸きて猛暑も蝉も姿消す

商いを深夜空き家でするすき家

密漁船隣の庭の珊瑚盗る

献金を責める人にも記入漏れ

牛丼チェーン店のすき家、深夜営業を一人とする（ワンオペ）な等の過酷な労働環境が注目を浴びる。「ブラック企業」とのマイナスイメージにより人材難に陥り、一九八五店のうち一二五四店で深夜営業を休止。

ノーベル物理学賞受賞者に赤崎勇・天野浩・中村修二の三人が決定した。

サンゴ密猟、罰則強化の改正案成立　小笠原に中国船、依然七〇隻。

安倍総理大臣、消費税増税を一年半先送りするという発表ののち、衆議院を解散。

ユネスコの無形文化遺産に「和紙 日本の手漉和紙技術」が登録された。

平成二十六（二〇一四）年
～平成二十七（二〇一五）年　冬

失言は麻生の持病クスリなし
ＳＴＡＰは夢幻で打ち切られ
浪速では住めば都の都構想
懲りもせず駄作を捻る五七五
居酒屋の器に乗った出世魚
激戦地お骨此処だと呼んでいる

第四十七回衆議院総選挙、自公の与党が三二六議席を得て勝利。民主党は代表の海江田万里が落選するなど敗北。

二〇一四年十二月二十五日、理化学研究所は研究論文に関する調査報告書を公表し、ＳＴＡＰ細胞の論文が捏造であるとの結論を下した。

大阪都構想の是非を問う住民投票が大阪市の住人約二一〇万人を対象に実施され、反対多数で否決。提唱者であった橋下徹市長はこれにより政治家引退を表明。

日本軍が米軍と行った最後の組織的戦闘とされる硫黄島の戦いから七十周年。

平成二十七（二〇一五）年　春

物差しが合わぬ家具屋の父娘
安倍談話転ばぬ先の有識者
覇権には金が掛かるとＡＩＩＢ
反日を今も続ける七十年
官邸は慌ててドローンの網作り
日歯連カネが奥歯に絡みつく

家具販売業大手・大塚家具の会長と、その社長であった娘との間に経営手法をめぐる争いが勃発し、お家騒動となった。

中国主導のアジアインフラ投資銀行（ＡＩＩＢ）が発足。日米は不参加。

首相官邸屋上にて墜落したドローンが発見され、以後、ドローン規制が急速に進む。

日本歯科医師会連盟による迂回献金事件が発覚。

天皇、皇后両陛下が歴代天皇として初めてパラオを訪問。パラオ大統領主催の晩餐会には、同大統領夫妻に加え、ミクロネシア連邦大統領夫妻、マーシャル諸島大統領夫妻らも出席。翌九日に太平洋戦争激戦地のペリリュー島を訪問。

平成二十七（二〇一五）年　夏

スマホ首新型病の仲間入り

長城の夢再びと島造り

涼しさを風鈴提げて耳で聞く

返済も離脱も嫌と云うギリシャ

近大の蒲焼目指すナマズたち

SOS読めぬ教師の不適確

南シナ海スプラトリー諸島で中国の埋め立てによる島造りがすすむ。同海域の島嶼は周辺各国が領有権を主張している。

国際債権団によるギリシャへの金融支援案の受け入れを問う国民投票がギリシャで行われ拒否する民意が示された。

近畿大学農学部が鰻の味のナマズを開発。二〇一六年よりイオン系列のスーパーマーケットで販売されている。

広島市で原爆投下から七〇年の節目の「原爆の日」を迎えたこの日、平和記念公園で「平和記念式典」が行われ、海外から過去最多となる一〇〇カ国の代表を含む、およそ五万五〇〇〇人が参列。

平成二十七（二〇一五）年　秋

五輪パラ白紙の上で忙しい
介護棄て「ワタミ」自らリハビリか
ハルキスト騒ぎ過ぎれば賞逃げる
一郎は太郎仲間に世論読む
爆買いに女王陛下が礼を言う
高速炉「もんじゅ」の知恵が出てこない

二〇二〇年東京五輪組織委員会は、盗作の指摘された佐野研二郎がデザインした大会エンブレムの使用を中止する方針を固めた。

外食チェーン大手ワタミ、介護事業を運営する子会社の「ワタミの介護」を、損保ジャパン日本興亜ホールディングスに売却すると発表。

村上春樹氏のノーベル文学賞受賞の観測がファンの間で毎秋の恒例行事となる。

山本太郎氏が小沢一郎氏の生活の党に入党。党名を「生活の党と山本太郎となかまたち」に変更。

「もんじゅ」事故から二〇年。

平成二十七（二〇一五）年
〜平成二十八（二〇一六）年　冬

カラシニコフ厳しく閻魔問い詰める
いつまでも「またか」が続く銃社会
難民に出してやりたい助け船
松飾取れても重い餅の腹
柿の種時を重ねて進化する
賜杯とる和製力士は久し振り

ウクライナ問題の経済制裁で危機に瀕したロシアをカラシニコフ銃の輸出が裏で支えているという疑惑が浮上。

元旦、イスラエルのテル・アヴィヴのパブとカフェで銃乱射事件が発生。九人が負傷。以降、世界各地で乱射事件や自爆テロなどが後を絶たず。

ＵＮＨＣＲ（国連難民高等弁務官事務所）は、二〇一六年の最初の六週間で八万人のシリア難民がボートで海を渡ってヨーロッパに至ったと発表した。

大相撲初場所で、大関・琴奨菊が一四勝一敗で幕内初優勝。日本出身力士の幕内最高優勝は、二〇〇六年の初場所での栃東以来十年ぶり。

平成二十八（二〇一六）年　春

政策の惚けた看板架け替える
北の殿ミサイル飛ばし憂さ晴らし
保育園確約とって子を育て
大笑い続けて卒中予防する
三菱自机上の走り他車をぬく
清正公余りの揺れに目を覚ます

民主党と維新の党、合流に伴う新しい党名を「民進党」とすることが決定したことを発表。

二〇一六年三月から五月にかけて六回八発のミサイルが北朝鮮より発射される。

三菱自動車工業が、自社の軽自動車を対象とした燃費試験でデータを不正操作していたことが発覚。

熊本地震が発生。五年ぶりに国内の地震で震度七を記録。関連死を含めれば二五〇〇名を超す災害となった。清正公こと加藤清正の熊本城が大きく損壊した。

平成二十八（二〇一六）年　夏

日本猫カンボジア背負いリオ駆ける
トランプでいいのか否か迷う国
中国は取り付く島を造成中
都知事選押すな押すなの立候補
水瓶に知らん顔して梅雨明ける
幹事長趣味のチャリンコ仇になる

タレントの猫ひろしがカンボジア国籍を取りリオデジャネイロ五輪にカンボジア代表としてマラソン出場。

十一月の米大統領選を控え、共和党のドナルド・J・トランプと民主党のヒラリー・R・クリントンがそれぞれ候補に指名される。

舛添要一・東京都知事が政治資金の私的流用などのスキャンダルで辞任。小池百合子や鳥越俊太郎といった著名人の乱立する選挙となり、さながら知名度戦の様相を呈した。

自民党幹事長であった谷垣禎一氏が自転車で走行中に転倒事故。頚髄損傷による入院で幹事長職続行が難しくなり辞任。

平成二十八（二〇一六）年　秋

妻がいて喧嘩の出来る有難さ

東京はマリオと百合でおもてなし

日仏で「もんじゅ」の知恵は出るのやら

解体ショー豊洲で見せる小池知事

安倍好み銘柄落ちの「稲田米」

食文化勝手に変えるＩＷＣ

女性初の都知事となった小池百合子氏、マリオに扮した安倍総理とともにリオ・デ・ジャネイロ五輪閉会式で、東京での「おもてなし」を予告。

東京都、豊洲市場の地下水から環境基準を超えるベンゼンとヒ素が検出されたと発表。基準超の有害物質が検出されたのは、土壌汚染対策工事を終えた二〇一四年以降の都の調査で初めて。

衆議院本会議、ＴＰＰ承認案及び関連法案を、与党と日本維新の会などの賛成多数で可決。

ＩＷＣ国際捕鯨委員会の総会で捕鯨巡り日豪で対立。

平成二十八（二〇一六）年
〜平成二十九（二〇一七）年　冬

領土もＰＣも「ヘンカン」が難しい
天国の体験旅行してみたい
残念な「もんじゅ」知恵なく廃炉する
合意した「不可逆的」もぶり返す
庭の梅咲いて思いは「寒梅忌」
お気に入り集めて決める退位論

安倍首相とロシア連邦大統領ウラジーミル・プーチンが首相官邸で日露首脳会談を開催。首脳会談は回数をこなすも進展なし。

政府が原子力関係閣僚会議にて、高速増殖原型炉もんじゅの廃炉を正式決定。

菅義偉内閣官房長官、韓国・釜山の在釜山日本国総領事館前に慰安婦像が設置されたことを受け当面の対抗措置を発表。

アイドルグループ・ＳＭＡＰが解散。

今上天皇が象徴としての天皇の務めなどについて自ら心情を表明したことで、政府内でも有識者会議が開かれ、生前譲位（退位）の議論が活発化した。

平成二十九（二〇一七）年　春

「プレ金」や昔花金なれの果て
掘るほどに疑惑出てくる国有地
トランプの病に効かぬオバマケア
地震国日本生まれの「車中泊」
散る桜親しき友を連れて逝く
登下校鬼畜が守る恐ろしさ

毎月月末金曜日の午後三時終業を奨励する「プレミアムフライデー」が初実施。個人消費喚起を期待されるも繁忙期とかさなり不評。

衆参両院予算委員会は学校法人森友学園の国有地払い下げ問題に関連し、同学園理事長・籠池泰典の証人喚問を行った。

アメリカでオバマケアを見直す代替法案を可決。

千葉県我孫子市で女児の遺体が発見され、被疑者のＰＴＡ会長の男が逮捕される。

平成二十九（二〇一七）年　夏

就活に本気か孫の顔変わる

ミサイルに慣れてしまって怖さ増す

臍の緒を儲けに結ぶクリニック

前夜祭摩文仁を照らす鎮魂火

量産化体制なのか慰安婦像

稼ぎ時会社が冷えてビール出ず

二〇一二年から二〇一七年夏までに北朝鮮より発射されたミサイルは五十三発に及ぶ。

中国で人の胎盤の闇取引が横行しているという疑惑が浮上。

東京都内では八月一日より二十一日連続で雨という日照時間の少なさが話題となった。

六月、将棋の最高齢プロ棋士である加藤一二三九段が、高野智史四段との対局に敗戦。日本将棋連盟の規定により現役引退となり六二年一〇か月にわたるプロ棋士生活を終える。

八月三十日、衆議院安全保障委員会と参議院外交防衛委員会が閉会中審査を開き、前日に北朝鮮が日本上空を通過する弾道ミサイルを発射したことに対し抗議する決議を全会一致で採択。

平成二十九（二〇一七）年　秋

トランプの無駄な書き込み多すぎる

お値段に羽が生えたか鳥貴族

イザナギを超えたと騒ぐ側用人

気持ち程動かぬ体ボランティア

免許証納めて安心手に入れる

見る人で温度差はっきり凍土壁

トランプ米大統領の破天荒、赤裸々なツイッターが話題に。

茂木敏充・経済財政再生相が記者会見で「戦後第二位の『いざなぎ景気』を超える景気回復の長さ」と表明。

東京都知事の小池百合子が記者会見を行い、自身が率いる地域政党「都民ファーストの会」を母体とする国政新党「希望の党」の結成ならびに自ら新党の党首に就任することを発表。

東京電力福島原発周辺の地盤を凍らせて建屋への地下水流入を防ぐ凍土遮水壁は、おおむね「全面凍結」し完成したと発表。

平成二十九（二〇一七）年
～平成三十（二〇一八）年　冬

凩や達磨夕陽が海に落ち
北の船烏賊より白い家電釣る
トランプの口は禍　湧く泉
凍結が歩きスマホを戒める
清め塩効かぬ土俵の砂嵐
怖れずに「ハブ」を呑みこむ中学生

北朝鮮の朝鮮人民軍第八五四部隊に所属する木造の漁船が当時無人だった渡島小島に侵入。テレビ、バイク、冷蔵庫など金目の家電製品と一ヶ月分の食糧の全て、燃料を入れていたタンクや衣類等などの多数を窃取し、ボイラーや太陽発電装置などを破壊した。

大相撲の十両大砂嵐が無免許で自動車を運転し、追突事故を起こしたと報道された。

中学生の藤井聡太棋士が朝日杯将棋準決勝で羽生善治竜王に勝ち、優勝。平昌オリンピック フィギュアスケート男子シングルで羽生結弦が日本勢初の、また冬季五輪通算一〇〇〇個目の金メダルを獲得。冬季五輪の個人種目で日本人が連覇を果たしたのは史上初。また銀メダルを獲得した同じ日本の宇野昌磨と共にフィギュア界初となるダブル表彰台を飾った。

平成三十（二〇一八）年　春

最高の笑顔で締めたカー娘
新種目　菜那は攻め抜き金メダル
光彦を本屋に残し先に逝く
伝統と命を行司差し違え
大川小引いた津波がまた寄せる
平成のこの日最後と見る暦

浅見光彦シリーズで名高い推理作家の内田康夫が八三歳で死去。発表作品の累計発行部数は一億超とされる。

立行司の第四〇代式守伊之助が、先年十二月の冬巡業中、十代の行司に対してセクハラ行為を行ったとされた。

東日本大震災の津波で児童と教職員計八十四人が犠牲となった宮城県石巻市立大川小学校の避難誘導をめぐり、児童二十三人の遺族が市と県に計二十三億円の損害賠償を求めた訴訟の控訴審判決で、学校や市教育委員会の過失を認めたうえで改めて賠償を命じた。

二〇一九年日に予定される今上天皇の譲位に伴う「退位礼正殿の儀（仮称）」の実施や、天皇が上皇、皇后が上皇后になった後の対応を規定する、天皇の譲位などに関する皇室典範特例法施行令（政令）が閣議決定される。

平成三十（二〇一八）年　夏

爺バカヤロ俺ヤカマシイはＤＮＡ
「モリカケ」を何時まで見せる安倍劇場
言っておいた後は「シンゾウ」お前やれ
休むほど復活遠い稀勢の里
もう二度とない平成の暑気払い
ひと不足それなら移民に目を瞑る

横綱稀勢の里、名古屋場所で八場所連続の休場に。

埼玉県熊谷市で七月、日本の気象観測史上最高気温となる四一・一度を記録。これまでの最高は二〇一三年八月に高知県四万十市で観測された四一・〇度で、約五年ぶりに更新した。

六月から七月にかけて西日本を中心に北海道や中部地方など全国的に広い範囲で集中豪雨が記録され、死者二百名を超える大惨事となった。

入管法改正案が話題となる。事実上の移民受け入れを意味するものの「外国人労働者」の受け入れと政府は説明。

オウム真理教事件に関与した死刑囚十三人のうち、オウム真理教の元代表である麻原彰晃（本名：松本智津夫）を含む七人の死刑が執行された。

平成三十（二〇一八）年　秋

冒険の二歳児爺と無事下山

金農の最も暑い夏の夢

病院が患者を死なす熱中症

壁越えをナオミ容易（たやす）く圭に見せ

四千勝それでも遠い凱旋門

綱の名を極めた左腕名力士

山口県で八月一五日、同一二日から行方不明となっていた同県防府市在住の二歳の男児が無事に発見される。警察官などによる捜索でも発見されなかったが、一五日朝にボランティアとして捜索を行った大分県速見郡日出町在住の七八歳男性が発見して話題を呼んだ。

甲子園にて強豪校を次々と撃破した秋田県立金足農業高等学校が秋になっても話題となる。公立高校、農業高校、秋田出身者のみのメンバーなど他校にない特徴を持つ。

エアコンが十日間故障していた岐阜県の病院で患者五人の死亡が確認。

全米オープン決勝で、大坂なおみがセリーナ・ウィリアムズを下して優勝した。

四千勝達成した武豊騎手がフランス凱旋門賞に挑み、惜しくも敗れた。

あとがき

「さあ、そろそろお片付けしましょう。」

と、キッチンから母の声。おもちゃや絵本を慌てて片付ける五歳の私。

そう、ここから十八時三十分までが勝負の時間なのだ。

母は、夕飯の準備をしながら洗濯物を取り込み、お風呂を沸かす。

取り込んだ洗濯物は、二歳の妹の面倒を見ながら私がたたむ。見事な連係プレイだ。食卓に母の手料理が並び終えると同時に、お父様のご帰宅である。

一日の中で最も緊張が高まる一瞬だ。この頃の父はマイナスを見つける天才だったと思う。どんなに完璧に父を迎える準備をしていても、「ただいま」を言う前に必ず何かしらチャチャを入れる材料を見つけ出すのだ。「えーっ、そこ？」……と、心の中であきれる私。もちろん口には絶対に出さない。出せるわけがない！　そう、若いころの父は亭主関白を画に描いたような人間で、おまけに沸点がかなり低いので年がら年中怒りまくりの怒鳴りまくりの毎日、一台しかないテレビのチャンネル権はもちろん父で、食事中行儀が悪いと剣道の籠手よろしく、お箸の頭のほうで『一本!!』……となるのである。

そんな父が何がどうしてどうなったのか、私が社会人になった頃この人ホントは穏やかで優しい人間だったんだぁと気付かされるようになった。まるで映画やドラマの世界の出来事のように誰かと中身が入れ替わったんじゃない？　と思うほどだ。

母が両親の介護の為に実家に長期間戻っていたときに、父が読売新聞に応募した五行歌には、母に対する愛情が溢れているように感じた。

両親を看る
妻のメールには

何時も笑顔の
絵文字が
付いてくる

化粧もせず髪を振り乱して介護する妻への尊敬と激励の気持ちを込めた句でもあったように思う。

更には、社会人一年生の私の息子と妹の息子のことを川柳に詠んでいる。

入社式　大丈夫かなぁ孫二人

家族に対して大きな大きな愛情が伝わってくる。この人が父で良かったと心から思う。そんな感謝の気持ちを込めてこの本を父に贈りたい。

出版にあたりご協力いただいたはるかぜ書房の鈴木雄一社長、制作に携わっていただいた方々に感謝しつつ。

平成三十年　師走　編者　長内　貴子

著者　長内 繁光　略歴

青森県弘前市生まれ。神奈川県横浜市在住。
定年を機に川柳を作り始める。

花筏《はないかだ》

長内繁光句集

ISBN978-4-909818-07-2 C0092

平成 31 年 1 月 31 日 初版第 1 刷発行

著　者：長内《おさない》 繁光《しげみつ》

発行人：鈴木 雄一

発行所：はるかぜ書房株式会社

〒 140-0001

東京都品川区北品川 1-9-7 トップルーム品川 1015 号

TEL: 050-5243-3029 DataFax: 045-345-0397

E-mail: info@harukazeshobo.com

Website: http//www.harukazeshobo.com

印刷所：株式会社ウォーク